Laura sai do casco

QUANDO VOCÊ ESTIVER SOZINHO

JAYNE V. CLARK
Organizadora

JOE HOX
Ilustrador

Criação da história por Jocelyn Flenders, uma mãe que faz ensino domiciliar, escritora e editora que mora no subúrbio da Filadélfia. Formada no Lancaster Bible College, com experiência em estudos interculturais e aconselhamento, a série "Boas-novas para os coraçõezinhos" é sua primeira obra publicada para crianças.

Laura sai do casco: quando você estiver sozinho

Traduzido do original em inglês
Tori comes out of her shell: when you are lonely

Copyright do texto ©2019 por Jayne V. Clark
Copyright da ilustração ©2019 por New Growth Press

Publicado originalmente por
New Growth Press, Greensboro, NC 27404, USA

Copyright © 2019 Editora Fiel
Primeira edição em português: 2021

Todos os direitos em língua portuguesa reservados por Editora Fiel da Missão Evangélica Literária.
Proibida a reprodução deste livro por quaisquer meios sem a permissão escrita dos editores, salvo em breves citações, com indicação da fonte.

Todas as citações bíblicas foram retiradas da Nova Versão Internacional (NVI), salvo quando necessário o uso de outras versões para uma melhor compreensão do texto, com indicação da versão.

Diretor: Tiago J. Santos Filho
Editor-chefe: Vinicius Musselman
Editora: Renata do Espírito Santo T. Cavalcanti
Coordenação Editorial: Gisele Lemes
Tradução: Meire Santos
Revisão: Renata do Espírito Santo T. Cavalcanti
Adaptação, Diagramação e Capa: Rubner Durais
Design e composição tipográfica capa/interior: Trish Mahoney
Ilustração: Joe Hox
ISBN (impresso): 978-65-5723-117-3
ISBN (eBook): 978-65-5723-116-6

Impresso em Abril de 2024, em papel couche fosco 150g
na Hawaii Gráfica e Editora

Caixa Postal 1601
CEP: 12230-971
São José dos Campos, SP
PABX: (12) 3919-9999
www.editorafiel.com.br

"E eu estarei
sempre com vocês,
até o fim dos tempos."

(Mateus 28.20)

Era outono — uma estação de mudanças. O som de grilos cricrilando chegava ao fim e o som de lápis sendo apontados começava. Também era hora de mudança para a família Tartaruga. Eles estavam deixando sua casa feita de tora de madeira, que ficava na Lagoa do Bosque, para então se mudarem para a Campina das Amoreiras.

A nova casa de tora de madeira tinha muito espaço para Papai, Mamãe, Joel, Samuel e Laura.

No primeiro dia em seu novo lar, as jovens tartarugas sentaram-se todas fora da casa sobre uma pedra. Elas esticaram seus braços e pescoços listrados e desfrutaram o sol quentinho.

— Olhe, Samuel! — Joel gritou apontando para o outro lado da lagoa.
— Vejo alguns novos amigos! Aposto corrida com você!
E assim eles se foram.

Deixada para trás, Laura enfiou sua cabeça e pernas lá dentro do seu casco. Agora ela estava realmente parecida com a pedra.

— Laura, onde está você?
— chamou Mamãe ao sair da cozinha e olhar em direção à lagoa.

Ao finalmente localizar Laura, Mamãe disse:
— O que você está fazendo aqui fora sozinha?

— Nada — respondeu Laura.

— Está bem, venha para dentro e vamos verificar se tudo está pronto para o seu primeiro dia de aula! Pense em quantos novos amigos você fará!

— Está bem — disse Laura. Ela não contou para a Mamãe sobre como estava preocupada. Depois que a mamãe saiu, ela passou o resto do dia sozinha, tirando sua coleção de conchas das caixas.

Na manhã seguinte, eles saíram para a escola.
Samuel e Joel viram lá na frente seus novos amigos,
o coelho Diego e o ouriço Henrique,
e os alcançaram.

Laura seguia
vagarosamente lá atrás.

Na escola, Laura recebeu as boas-vindas
de sua professora, a senhorita Marluce, que pediu a Laura
para se apresentar à classe.

Laura colocou sua cabeça para dentro do casco.

A senhorita Marluce pediu novamente:
— Você pode nos contar alguma coisa sobre você, querida?

A voz de Laura ecoou de dentro de seu casco:
— Eu sou a Laura da Lagoa do Bosque.

A senhorita Marluce espiou para dentro
do casco de Laura e disse:
— Obrigada, Laura!
Estamos muito alegres por você estar aqui na
Escola da Campina das Amoreiras.
Por favor, sente-se.

Logo chegou o horário do recreio. Laura se sentou sozinha, com a cabeça dentro do casco, observando o grupo que estava pulando corda.

Tudo que ela conseguia pensar era no tempo em que estava em sua antiga escola, quando tentou pular corda e, ao tropeçar, caiu de costas. Ela ainda podia ouvir todos rindo enquanto ela se esforçava para virar com seu casco para cima.

Ela não queria que aquilo acontecesse de novo!

A senhorita Marluce veio conversar com Laura.
— Você não gostaria de brincar com os outros? — perguntou ela.

— Não, obrigada. Eu estou bem — disse Laura dando uma olhadinha para fora do casco.

A senhorita Marluce disse:
— Eu sei que é difícil ir para uma nova escola. Quando eu era filhote, me mudei para uma nova cidade e descobri que eu era a única gambá. Eu me senti tão sozinha... Em meu primeiro dia de aula, o alarme de incêndio soou por engano e o meu pior medo se tornou realidade.

— Oh, não!
— disse Laura.

— Exatamente.
Eu expeli meu mau cheiro sobre minha nova carteira, minha nova sala de aula, minha nova professora e sobre todos os meus novos colegas!

— O que você fez? — perguntou Laura.

— Eu não sabia o que fazer, então eu apenas abaixei minha cabeça e coloquei minhas mãos nos bolsos. Mas, dentro de um deles, eu encontrei um cartão que papai havia me dado. Era um versículo do Grande Livro que diz: "Existe amigo mais apegado que um irmão". Isso me lembrou de que Jesus sempre seria meu amigo, não importa o que acontecesse.

— Eu pensei que, depois daquilo, nunca mais teria qualquer amigo, mas sempre me lembrarei de como a salamandra Clarissa veio diretamente a mim e disse: "Não se preocupe. Todos têm medo de se envergonhar. Eu tenho medo de colocar visco na minha carteira".

— Aquilo não foi gentil da parte dela?
E nós ainda somos amigas até hoje.

Colocando a mão no bolso, a senhorita Marluce disse:
— Sabe, Laura, já faz muito tempo que tenho isso, mas eu gostaria que ficasse com você agora.

Ela tirou o cartão desgastado que seu pai havia lhe dado muito tempo atrás e o entregou a Laura. Em seguida, ela tocou o sinal para terminar o recreio.

Naquele domingo, Mamãe, Papai, Samuel, Joel e Laura foram para sua nova igreja na Campina das Amoreiras.

Laura olhou para cima e bem atrás do pregador havia um versículo do Grande Livro em letras douradas grandes: "Jesus disse: 'E eu estarei sempre com vocês'".

Durante toda a semana, Laura havia pensado sobre o que a senhorita Marluce havia dito a respeito de Jesus ser sempre seu amigo, e ela estava vendo isso aqui novamente.

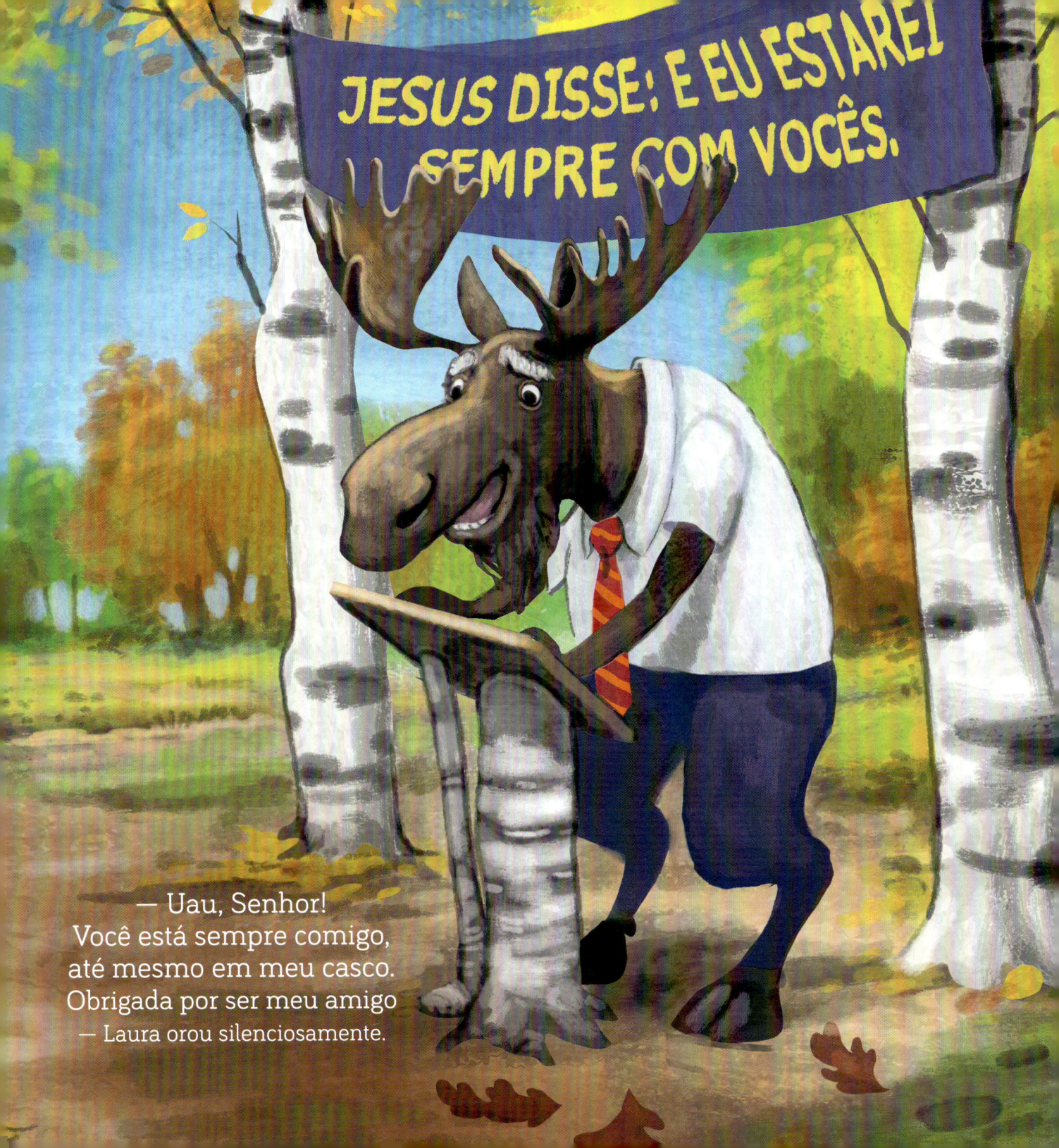

Durante o recreio da manhã de segunda-feira, Laura estava escondendo sua cabeça dentro do casco novamente. Ela ainda não queria tentar pular corda.

De repente, ela notou algo brilhante se movendo pelo parquinho. Olhando mais de perto, ela viu que era a parte de cima de um velho sino de escola com pernas aparecendo por baixo. Quem quer que estivesse ali estava achando difícil caminhar.

Laura colocou seu pescoço para fora e andou vagarosamente para ver se podia ajudar.

— Olá — disse ela.
— Você está bem aí?

O sino ficou completamente parado.

Laura disse de novo:
— Olá, você está bem?

Finalmente, dois olhos espiaram
para fora, por baixo da beirada do sino,
e uma voz disse:
— Sim, estou bem.
Não precisa se preocupar.

— Você tem certeza? — Laura perguntou.

— Bem, talvez — veio a resposta. — Você pode levantar isso para mim?

— Claro. Você precisa de ajuda para carregá-lo para algum lugar?

— Não, não, tudo bem. Eu estava apenas... Eu queria...

Levantando o sino, Laura podia
ver que era Alice, a lagartixa.
— O que você queria?
— perguntou Laura.

— Um casco igual ao seu.
Desde que vi você em seu casco
durante o recreio, eu queria ter um
também — disse Alice.

— Você queria
um casco igual ao meu?
Por quê? — perguntou Laura,
surpresa.

— Algumas vezes eu me sinto sozinha e não sei com quem brincar na hora do recreio. Eu queria ter um casco como o seu para me esconder nele. Parece que mesmo se você estiver totalmente sozinha lá, estará sempre completa. Então eu encontrei esse sino para usar, mas fiquei entalada.

Alice não conseguia acreditar em tudo o que dissera num desabafo, mas se sentiu melhor em contar para alguém.

Laura queria rir. Alice estava realmente engraçada debaixo daquele sino.
Mas ela logo se lembrou de como era ruim se sentir sozinha.

— Algumas vezes eu realmente gosto de me esconder em meu casco.
Mas é muito solitário lá dentro.
Eu estou descobrindo que me esconder não é a solução.
Talvez, após a escola, eu possa contar para você o que tenho aprendido.

— Você me contaria? — perguntou Alice. — Isso seria maravilhoso!

Depois da aula, Laura e Alice foram para casa juntas. Enquanto andavam, Laura pegou o cartão que a senhorita Marluce havia lhe dado e o leu com Alice.

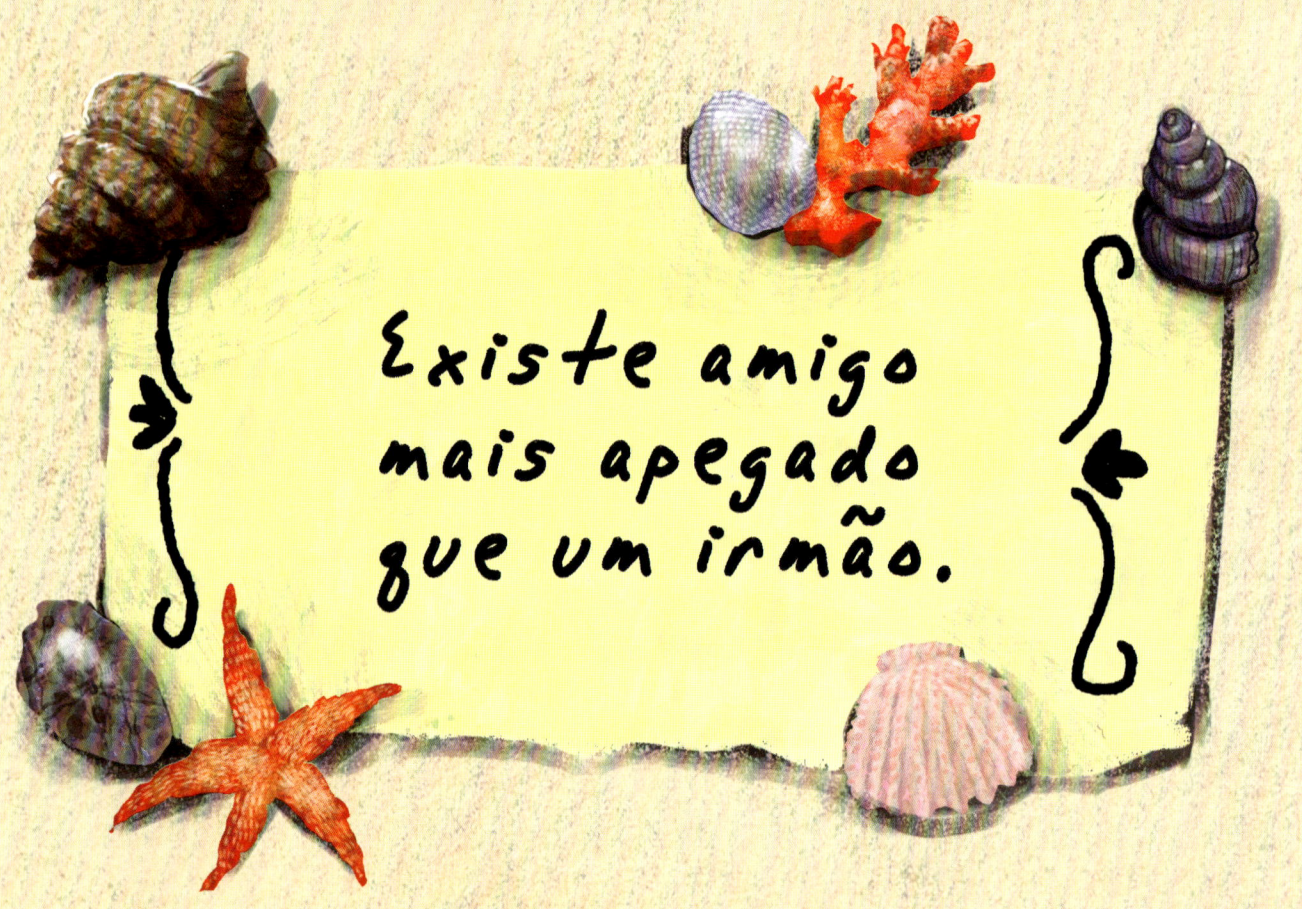

Existe amigo mais apegado que um irmão.

— Jesus está sempre comigo e ele está com você também — disse Laura.
— Assim, mesmo que eu pense que não tenho amigos, Jesus é meu amigo? — perguntou Alice.
— Sim — disse Laura. — O pregador nos disse que Deus enviou seu Filho Jesus para essa terra para que nunca mais ficássemos sozinhas.

Quando você pede perdão a ele, Jesus se torna seu amigo para sempre.

Alice e Laura caminharam para casa de braços dados. Quando elas chegaram à casa feita de madeira da Laura, ela perguntou a Alice:
— Você gostaria de entrar e ver minha coleção de conchas?

— Eu amaria
— disse Alice.

— Eu posso dar a você uma das conchas, mas não tente vesti-la! Você sabe que não é uma tartaruga.

Desta vez Laura riu e Alice riu junto com ela.

Quando Alice estava indo embora, Laura a convidou para ir à igreja. Alice disse:
— Sim!

No domingo seguinte, toda a família lagartixa se aconchegou no banco com as tartarugas.

Alice cutucou Laura e apontou para o versículo na parede: "Jesus disse: 'E eu estarei sempre com vocês'".

JESUS DISSE: E EU ESTAREI SEMPRE COM VOCÊS

Laura cochichou para Alice:
— Viu, eu te falei!
Você pode acreditar em tudo o que o Grande Livro diz!

Laura e Alice cantaram o novo hino favorito delas com suas cabeças erguidas — tão erguidas que podiam ver a senhorita Marluce na frente com o coral, sorrindo para elas.

Tenha fé em Deus
quando seu caminho for solitário.
Ele vê e conhece
todos os caminhos que você percorre.
Nunca o menor dos seus filhos está sozinho;
Tenha fé em Deus, tenha fé em Deus.

Ajudando seu filho ou sua filha quando sentem solidão

Algumas crianças amam ficar cercadas por muitas pessoas, outras gostam de ficar mais tempo sozinhas. Não há nada de errado com isso! Mas há uma diferença entre estar sozinho e se sentir sozinho. Solidão é um sentimento de estar isolado e desconectado daqueles que estão ao nosso redor. Algumas vezes em que nos sentimos sozinhos, estamos sendo ignorados pelas pessoas, mas em outras circunstâncias, é o medo de ser rejeitado que nos impede de nos aproximar das pessoas. Quando isso acontece, muitas vezes reagimos nos isolando mais ainda – entrando em nossos cascos, assim como Laura faz nessa história. Como você ajuda seu filho ou sua filha com essa dificuldade? Aqui estão algumas verdades bíblicas para você compartilhar com eles quando estiverem se sentindo sozinhos.

1. **Comece compartilhando sua própria experiência de solidão.** Todos já tiveram dificuldades com os sentimentos de isolamento e solidão. Permita aos seus filhos saberem que essa é uma dificuldade comum que você também já experimentou. Pergunte a eles sobre a razão de se sentirem sozinhos. O que aconteceu? Do que eles podem estar com medo? Ouça atentamente ao que eles têm a compartilhar.

2. **A solidão começou com Adão e Eva.** Em Gênesis 3, nós aprendemos que, quando caminhamos à nossa própria maneira e não de acordo com a vontade de Deus, o resultado é a separação de Deus e dos outros. Quando Adão e Eva decidiram desobedecer à única proibição de Deus, eles romperam o relacionamento com Deus e entre si. A primeira coisa que eles fizeram foi se esconder de Deus e depois culparam outros pelo que haviam feito (Gn 3.8, 12-13). Desde então, as pessoas têm vivido separadas de Deus e umas das outras. O resultado é a solidão.

3. **A cura para a solidão começa com um novo relacionamento com Deus.** Quando Adão e Eva se esconderam de Deus no jardim, Deus veio até eles. Sua primeira pergunta a Adão e Eva — "Onde vocês estão?" — foi também a pergunta que Mamãe Tartaruga fez a Laura quando ela estava se escondendo. Deus quer se relacionar com seu povo, mas os nossos pecados nos separam de Deus e dos outros. Deus sabia que não poderíamos sair do esconderijo por nós mesmos, assim ele enviou seu Filho Jesus para estar conosco, amar a Deus e aos outros e então morrer em nosso lugar para que nunca mais precisássemos estar sozinhos. A Bíblia diz: "existe amigo mais apegado que um irmão" (Pv 18.24). Quando você pede a Deus que o perdoe

por seguir os seus próprios caminhos e não os de Deus, Jesus se torna o seu melhor amigo. Jesus nos promete: "E eu estarei sempre com vocês, até o fim dos tempos" (Mt 28.20). Isso significa que ele sempre estará próximo!

4. **Quando você vir seus filhos se escondendo, você pode lembrá-los de que, por causa de Jesus, Deus os conhece e os vê.** A solidão de Laura a fez se sentir invisível. Ela se escondia em plena luz do dia em sua lagoa e no parquinho. Muito tempo atrás, houve uma mulher chamada Hagar que teve que deixar seu lar. Deus a encontrou no deserto, falou com ela e prometeu ajudá-la. Hagar ficou tão impressionada com o cuidado de Deus com ela que deu um nome a Deus — "o Deus que me vê" (Gn 16.13). No Salmo 139, Davi nos lembra de que Deus está conosco em qualquer lugar e em tudo o que fazemos. Ele nos vê no escuro. Ele está conosco todas as manhãs. Ele nos guarda até quando estamos longe de todos que conhecemos. Essa é uma passagem maravilhosa para ler por inteiro com os seus filhos.

5. **O único lugar seguro para se esconder é em Cristo.** Quando nos escondemos de outros, estamos tentando nos manter seguros — da rejeição e da possibilidade de sermos machucados. Mas podemos proteger a nós mesmos? Não podemos, mas Jesus pode. Ele é o nosso Deus Todo-Poderoso que está conosco. Ele nos vê. Ele é mais próximo do que um irmão. Ele é aquele que nos protegerá de todo perigo. Jesus denomina a si mesmo de o Bom Pastor. Ele promete sempre vigiar o seu rebanho. Ele dá a sua própria vida para manter seu rebanho seguro (Jo 10.14-15). Jesus é o nosso abrigo, que sempre nos protege das angústias (Sl 32.7).

6. **Quando Jesus é nosso amigo, nós nos tornamos parte de sua grande família.** A Bíblia diz: "Pois aqueles que de antemão conheceu, também os predestinou para serem conformes à imagem de seu Filho, a fim de que ele seja o primogênito entre muitos irmãos" (Rm 8.29). Quando Deus é o seu Pai e seu Filho Jesus é o seu irmão, a sua família inclui todos aqueles que amam Jesus. Você e seus filhos podem conhecer o amor de Deus por meio do povo de Deus, assim como a senhorita Marluce amou Laura quando observou que ela estava se sentindo sozinha e compartilhou com ela seu cartão contendo um versículo bíblico.

7. **Ame outros da maneira como você tem sido amado.** Quando nós sabemos que Jesus nos ama, isso nos dá coragem para nos dirigirmos a outros e também amá-los. O amigo de Jesus, João, diz assim: "Nós amamos porque ele nos amou primeiro" (1Jo 4.19). Como Laura aprendeu, Jesus era seu amigo sempre presente e a ajudou a perceber Alice, que também estava se sentindo sozinha e amedrontada. Conhecer o amor de Deus nos tira de nossos cascos e nos ajuda a amar outros do modo como Deus nos ama. Incentive seus filhos a observar as "Alices" em suas vidas e a pensar em formas de compartilhar o amor de Deus com elas.